150 Inspirations

DEEPAK CHADHA
(Corporate Professional & CEO cum Director)
Raakhi Saini
(Hindi Transcription)

Published by
PRABHAT PRAKASHAN PVT. LTD.
4/19 Asaf Ali Road,
New Delhi-110002 (INDIA)
e-mail: prabhatbooks@gmail.com

ISBN 978-93-5521-844-5
150 INSPIRATIONS
by Deepak Chadha
With translation in Hindi
by Raakhi Saini

Edition
First, 2023

Price
₹ 300 (Rupees Three Hunred Only)

Printed at
Japan Art, Delhi

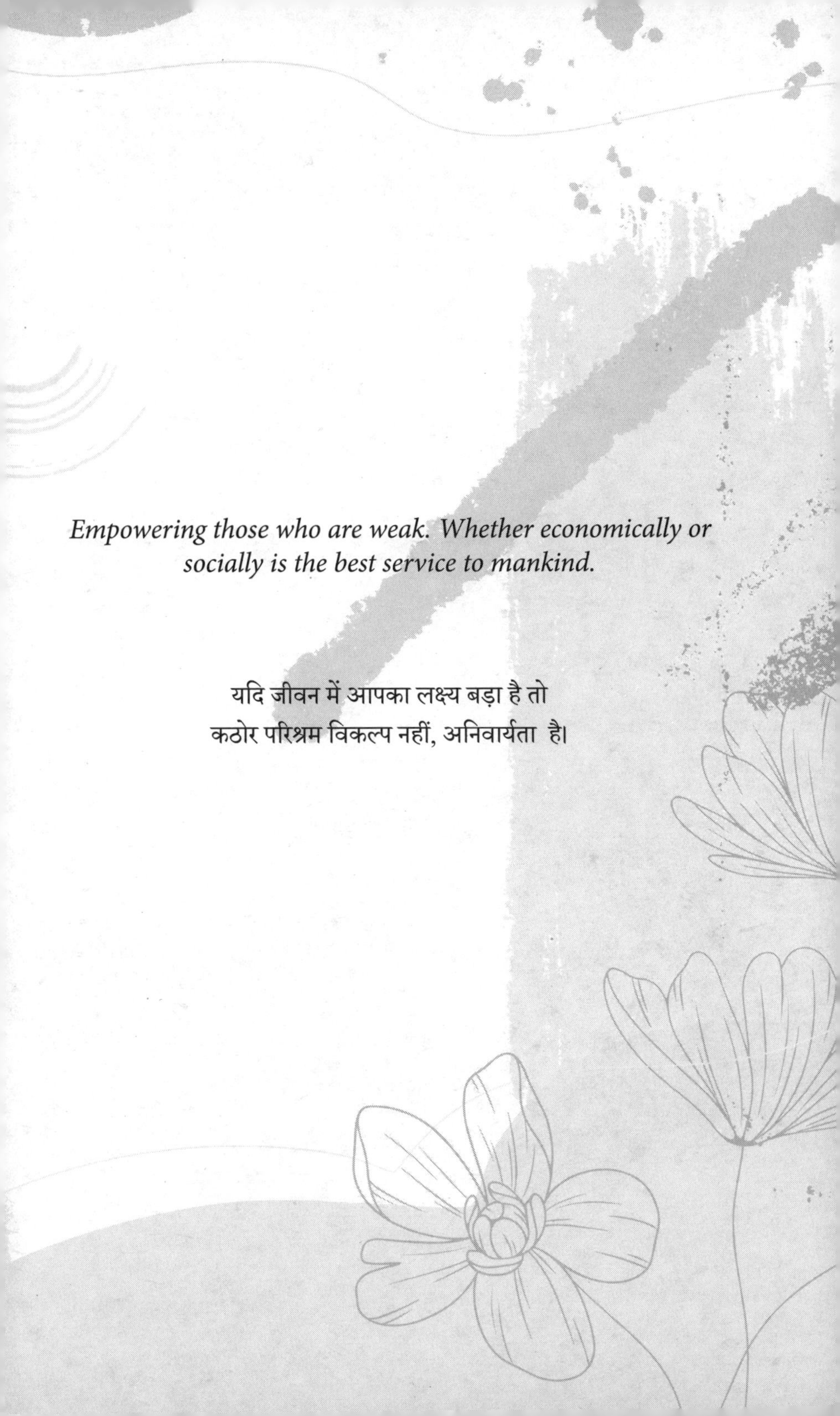

Empowering those who are weak. Whether economically or socially is the best service to mankind.

यदि जीवन में आपका लक्ष्य बड़ा है तो
कठोर परिश्रम विकल्प नहीं, अनिवार्यता है।

Author's Note

21st Century is the age of prompt response, instant actions and fixing problems on the spot. It's an era of AI and social media in digital realm. We are so preoccupied with our busy schedules that we hardly have time to meet our loved ones.

From my personal experience, I have learned that books are bank of knowledge as they contain vital, verified and validated information as contents are based on scientific or historical facts.

This book contains 150 quotes compiled that I learned during my daily work life at different levels. All ideas, logics, views and observations I wrote in my diary on daily basis, now I am sharing them with the masses. In hope that this book will inspire and boost the morale of individuals. It will help them understand their feelings better, so they can adapt a better healthy life.

I am an optimistic and hopeful that these quotes will be liked by readers and if that happens, then I believe my writing added a pinch of contribution towards building a well-mannered society.

–Deepak Chadha

"If you speak the truth, then no one can defeat you and if you are telling a lie then you cannot win. A lie is like a bubble which disappears with time, but truth remains forever."

"यदि आप सच बोलते हैं, तो कोई भी आपको हरा नहीं सकता और यदि झूठ बोलते हैं, तो कभी जीत नहीं सकते। झूठ एक बुलबुले की तरह है, जो समय के साथ लुप्त हो जाता है, पर सच सदैव जीवित रहता है।"

2

Life is like a coin. One side has good days and other side has bad days. If you are having good days then thank the almighty and if bad days are running then too keep the patience and trust the almighty and whichever side is with you, always remember that the other side is waiting for its turn. Be humble, polite and kind hearted in both the situations.

जीवन एक सिक्के के समान है। एक तरफ अच्छे दिन हैं और दूसरी तरफ बुरे दिन हैं। यदि आप अच्छे दिनों में हो तो सर्वशक्तिमान का आभार व्यक्त करें और यदि बुरे दिन चल रहे हैं तो भी धैर्य रखें एवं सर्वशक्तिमान पर विश्वास करें। आप किसी भी पक्ष में हों, हमेशा याद रहे कि दूसरा पक्ष अपनी बारी की प्रतीक्षा में है। दोनों ही परिस्थितियों में विनम्र, शिष्ट और दयालु बने रहें।

"Selection of words and tone of voice in communication decides whether you will be appreciated and respected or ignored by others. Speak in low pitch with goodwill gesture only."

"बातचीत के दौरान शब्दों का चयन और बोलने का लहजा तय करते हैं कि दूसरों के द्वारा आपको प्रशंसा और सम्मान मिलेगा या दूसरे आपकी अवहेलना करेंगे। सद्भाव रखते हुए मंद आवाज में बोलें।"

4

"Life is full of ups and downs, so don't feel low when you are down. Always keep the efforts going consistently even in odd situations. One who keeps climbing without fear only reaches the top."

"जीवन उतार-चढ़ावों से भरा हुआ है,
इसलिए जब आप दुखी हैं तो
निराशा का अनुभव न करें।
विषम परिस्थितियों में भी लगातार
प्रयत्न करते रहें।
जो बिना डर के ऊपर चढ़ता रहता है,
वही तो शिखर पर पहुँचता है।"

Be grateful to all those who stood beside you when you were passing through hard times. And make sure that you are available to them 24X7 when they need you. Because they are your people who care for you .

हमेशा उनके प्रति कृतज्ञ रहें, जो आपके कठिन समय में आपके साथ थे। उनकी जरूरत के समय आप भी उनके लिए हमेशा उपलब्ध रहना सुनिश्चित करें, क्योंकि यही वे लोग हैं,जो आपकी परवाह करते हैं।

"Wise people think many a times before taking a decision while foolish people take decision in a haste."

"बुद्धिमान व्यक्ति कोई भी निर्णय लेने से पहले बहुत बार सोचते हैं, जबकि मूर्ख व्यक्ति बिना सोचे-विचारे जल्दबाज़ी में निर्णय ले लेते हैं।"

"Those who don't try, they can never fly and those who try, definitely touch the glory of sky."

"जो कोशिश ही नहीं करते, कभी तरक्की नहीं कर सकते और जो कोशिश करते हैं, निश्चित रूप से आकाश सा गौरव प्राप्त करते हैं।"

It is ok, if you do not agree with other person's opinion/point of view on a situation or subject. Better to hear him/her with your logics and facts or vice versa.

यदि आप किसी परिस्थिति या विषय पर दूसरे व्यक्ति के विचार या दृष्टिकोण से सहमत नहीं हैं तो इसमें कोई समस्या नहीं है। यह बेहतर है कि उसे आप अपने विवेक और तथ्यों के आधार पर सुने-समझें या उसे अपने तर्कों के साथ अपने आपसे सहमत करें।

"Knowledge will take you to places of your choice and self-belief will help you to achieve your ambition in life."

"ज्ञान आपको अपनी पसंद/रुचियों की ओर ले जाएगा और आत्मविश्वास आपको जीवन में आपकी महत्त्वाकांक्षा को प्राप्त करने में सहयोग करेगा।"

"How you argue logically with facts and figures tells how much knowledge you have and how you react when odds are against you tells how much self-control you have."

"आप तथ्यों और आँकड़ों के साथ कितने तार्किक रूप से दलील देते हैं, यह बताता है कि आपको विषय की कितनी जानकारी है और विषम परिस्थितियों में आप कैसे प्रतिक्रिया देते हैं, यह बताता है कि आपका अपने आप पर कितना नियंत्रण है।"

"Appreciation and criticism are two sides of the same coin. Never boast about yourself on appreciation and never get annoyed on your criticism."

"प्रशंसा और आलोचना एक ही सिक्के के दो पहलू हैं। प्रशंसा मिलने पर कभी भी घमंड न करें और आलोचना होन पर क्रोधित न हों।"

Do not go to the place where you are not being respected. And do not argue with a person who is not ready to listen to your opinion.

उस स्थान पर न जाएँ, जहाँ आपका सम्मान न हो और ऐसे व्यक्ति से तर्क-वितर्क न करें, जो आपकी राय सुनने को तैयार न हो।

"Strength and weakness are inversely proportional to each other. If you overcome your weaknesses, you become strong and if you overrate your strength, you become weak."

"ताकत और कमजोरी आनुपातिक रूप से एक-दूसरे के विपरीत हैं। अगर आप अपनी कमजोरियों पर काबू पा लेते हैं, तो समर्थ होते हैं और यदि अपनी ताकत का जरूरत से ज्यादा मूल्यांकन करते हैं, तो कमजोर हो जाते हैं।"

"Opportunity and risks are directly proportional to each other. If you can take risk then you can convert opportunity to achievement. And if you can't take risk then you will miss the opportunity."

"अवसर और जोखिम परस्पर सीधे तौर से जुड़े हुए हैं। यदि आप जोखिम उठा सकते हैं, तो अवसर को उपलब्धि में बदल सकते हैं और यदि जोखिम नहीं उठा सकते, तो आप अवसर को खो देंगे ।"

"Those who stood beside you when you were going through tough times are your people. Make sure to hold them lifelong and be available to them whenever they approach you."

"जो आपके कठिन समय में आपके साथ थे, वे आपके अपने हैं। उन्हें जीवन भर थामकर रखें और सुनिश्चित करें कि जब कभी उन्हें आपकी जरूरत हो, आप उनके लिए उपलब्ध हों।"

"Beyond the night there is day. Beyond the dark there is dawn. Beyond the failure there is success. Hence keep moving in life without fear and wait for the right time."

"रात के बाद दिन है। अंधकार के बाद भोर है। असफलता के बाद सफलता है। इसीलिए जीवन में बिना डर के निरंतर आगे बढ़ते रहें और सही वक्त का इंतज़ार करें।"

"Nothing happens suddenly whether it is natural or man created. There are always chain of Events behind that phenomenon."

"कुछ भी अकस्मात् नहीं होता, चाहे वह प्राकृतिक हो या मानव निर्मित। इस प्रकरण के पीछे हमेशा घटनाओं की एक शृंखला होती है।"

"Arrogance, adamancy, jealousness, proudness are the factors that will not let you become a successful person in life, so it is better not to let these habits enter into your character."

"अहंकार, हठधर्मिता, ईर्ष्या, अभिमान ऐसे कारक हैं, जो आपको जीवन में सफल व्यक्ति नहीं बनने देंगे। इसलिए बेहतर यही है कि इन प्रवृत्तियों को अपने चरित्र में प्रवेश न करने दें।"

"If you are adamant and forcibly trying to win an argument without facts then you may win the same but, in the process, you may lose a nice person or a decent friend."

"यदि आप अड़ियल हैं और बलपूर्वक बिना तथ्यों के बहस को जीतने का प्रयास कर रहे हैं, तो आप जीत तो सकते हैं, परंतु इस प्रक्रिया में आप एक अच्छे व्यक्ति या शालीन मित्र को खो सकते हैं।"

"Two faced people are no one's people and it is better to keep a distance from them. Trusting them will lend you in trouble."

"मुखौटा पहने दो चेहरे वाले व्यक्ति किसी के नहीं होते। उनसे दूरी बनाए रखना ही उचित है। उन पर विश्वास करना आपको मुसीबत में डाल देगा।"

21

"If you need a healthy life then you must develop a habit to control your anger, stress, emotions, criticism, and negative thinking to creep into your mind."

"यदि आप स्वस्थ जीवन चाहते हैं, तो आप अपने मन में चलने वाले क्रोध, तनाव, उत्तेजना, निंदा और नकारात्मक विचारों पर नियंत्रण रखने की आदत विकसित करें।"

"If you sow the seeds today, then definitely you will get the fruit in future and if you put your efforts today then it will yield result one day."

"यदि आप आज बीज बोते हैं, तो निश्चित ही भविष्य में फल प्राप्त होगा और यदि आप आज प्रयास करते हैं, तो यह एक दिन परिणाम अवश्य देगा।"

"If you do not start, then you will never finish the assignment and if you do not earn it yourself, then you will never get things of your choice."

"यदि आप प्रारंभ नहीं करते हैं, तो कभी नियत कार्य को पूरा नहीं कर पाएँगे और यदि आप स्वयं कमाई/अर्जन नहीं करते हैं, तो पसंद की वस्तुएँ कभी प्राप्त नहीं कर पाएँगे।"

“Life is too short to cry or complain or criticize others. Rather appreciate, support, cooperate with others to have a meaningful and joyful life.”

“क्रंदन (रोने) करने या शिकायत करने या दूसरों की निंदा करने के लिए जीवन बहुत छोटा है। इसके स्थान पर सार्थक और आनंदपूर्ण जीवन के लिए दूसरों की सराहना, समर्थन और उनका सहयोग करना चाहिए।”

25

"Anything built on narratives will fall like a pack of cards at any time in future. But anything built on facts will remain standing tall like a solid mass for ages."

"कथाओं/वक्तव्यों/बेसिर-पैर के आधार पर बना कुछ भी, कभी भी ताश के पत्तों की तरह ढह जाएगा। परंतु जो तथ्यों पर आधारित होगा, वर्षों तक, हमेशा ठोस चट्टान की तरह खड़ा रहेगा।"

"People are confused to decide that how much is too much and too much is how much."

"लोग यह निर्णय करने में भ्रमित हो जाते हैं कि कितना है, जो बहुत अधिक की श्रेणी में आता है और बहुत अधिक वास्तव में कितना होता है।"

27

"If you do not press the right button in the lift, you cannot reach the desired floor. Similarly, if you do not develop the right skills, you cannot achieve the desired Goal."

"यदि आप लिफ्ट में सही बटन नहीं दबाते हैं तो वांछित मंज़िल पर नहीं पहुँच सकते। इसी प्रकार यदि आप सही कौशल विकसित नहीं करते, तो वांछित लक्ष्य प्राप्त नहीं कर सकते।"

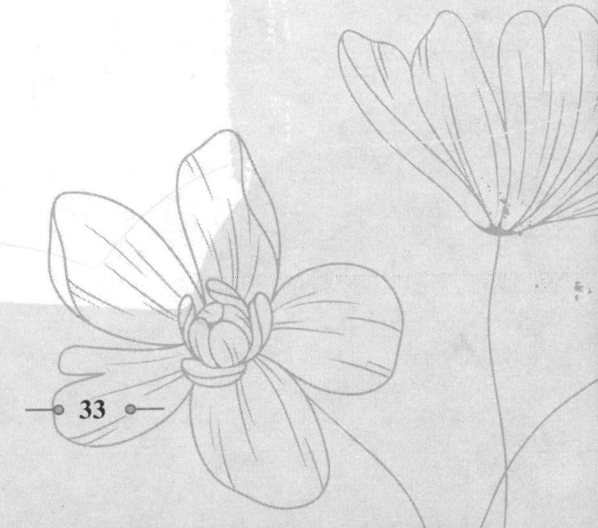

"It is always better to keep silence where people boast about themselves. And it is always better not to argue in a discussion if you don't have the subject's knowledge."

"जहाँ लोग अपना महिमामंडन कर रहे हों, वहाँ हमेशा शांत रहना बेहतर होता है। यदि विषय का ज्ञान न हो तो परिचर्चा में तर्क-वितर्क न करना अच्छा रहता है।"

29

"Stress and peace are inversely proportional. If you have stress, then you cannot have peace. And if you are stress free, then you will have peace.

"तनाव और शांति विपरीत समानुपातिक हैं। यदि आप तनावग्रस्त हैं तो शांति नहीं पा सकते। यदि आप तनावमुक्त हैं तो शांति प्राप्त कर सकेंगे।"

30

The past is a good place to visit occasionally and certainly not to stay there. The future belongs to those who take decisions today.

यदा-कदा विचरण करने के लिए अतीत अच्छी जगह है परंतु निश्चित रूप से हमें वहाँ ठहरना नहीं चाहिए। भविष्य उन्हीं का होता है, जो वर्तमान में रहते हैं।

31

"When you speak, choose the words that are decent and when you listen ensure the topic of discussion is recent."

"जब आप बोलें तो शालीन/मर्यादित शब्दों का चयन करें और जब आप सुनें, तो सुनिश्चित करें कि परिचर्चा का विषय नया/समसामयिक हो।"

If you really want to make your dreams come true, you must master the art of learning and implementing it in daily life.

यदि आप वास्तव में अपने सपनों को सच करना चाहते हैं, तो सीखने की कला में दक्ष बनें और इसे दैनिक जीवन में अपनाएँ।

"There is a limit to anything and everything. Once that threshold is crossed, then the reaction is a must and that too with full intensity."

"हर बात की एक निश्चित सीमा होती है। जब वह सीमारेखा पार हो जाती है, तो पूरी प्रबलता के साथ प्रतिक्रिया करनी जरूरी हो जाती है।"

Give your best without thinking much about success or failure. Because too much thinking will not let you give your best.

सफलता और असफलता के विषय में ज्यादा सोचे बिना अपना सर्वश्रेष्ठ दें, क्योंकि अत्यधिक सोच आपको अपना सर्वश्रेष्ठ नहीं देने देगी।

"Happiness and Sadness are like a sword and Time is like a Sheath. Hence at one time one of it will remain in your Sheath."

"सुख व दुख एक तलवार की तरह हैं और वक़्त म्यान की तरह है। इसलिए एक समय में उनमें से कोई एक (सुख या दुख) ही म्यान में रहेगा।"

It is all about priorities. So always keep hold of those who make you a priority and not triviality.

सबकुछ प्राथमिकता पर निर्भर है। इसीलिए उन्हें थाम-कर रखें, जो आपको प्राथमिकता देते हैं, न कि उन्हें, जो आपको गौण समझते हैं।

37

Negative self-feeling is the root cause of most failures in life. And a positive frame of thinking is the main cause of achieving the desired GOAL in life.

नकारात्मक स्वभाव जीवन में अधिकतर असफलताओं का मूल कारण है। वहीं विचारों का सकारात्मक रूप जीवन में वांछित लक्ष्य की प्राप्ति का मुख्य कारण है।

"The sooner you become self-reliant the better it is and the faster you decide on the solution, the quicker you will close matters."

"आप जितना जल्दी आत्मनिर्भर बनें, वह अच्छा है और जितना जल्दी आप समाधान के लिए निर्णय लें, उतना जल्दी आप मामले का निपटारा कर देंगे।"

39

"If you do not learn from mistakes committed in the past, then you will never be able to take right decisions in the future."

"यदि आप अतीत में की गई गलतियों से सबक नहीं लेते हैं तो भविष्य में कभी भी सही निर्णय नहीं ले पाएँगे।"

"Patience and professionalism are directly linked. If you have patience, then you are a true professional. If you are impatient then you are lacking something in your professional approach."

"धैर्य और व्यावसायिकता परस्पर जुड़े हैं। यदि आप में धैर्य है, तो आप सही अर्थों में एक पेशेवर व्यक्ति हैं। यदि आप धैर्यहीन हैं, तो आपके व्यावसायिक दृष्टिकोण में कुछ न कुछ कमी रह गई है।"

"To be successful, first you need to gain knowledge and then implement by action and don't get upset if criticized. Follow this practice daily and name, fame, reward and recognition will come automatically."

"सफल होने के लिए सर्वप्रथम आपको ज्ञान प्राप्त करने की आवश्यकता है और फिर उस ज्ञान को अपने कार्यों के द्वारा अमल में लाएँ तथा निंदा होने पर परेशान न हों। इसका प्रतिदिन अभ्यास करें और नाम, प्रसिद्धि, प्रतिफल और पहचान स्वतः ही प्राप्त होती जाएगी।"

42

"Stress/tensions are result of overthinking of outcome and it leads to deterioration of health. If the situation is beyond your control, then let the time take its due course to settle it out."

"अवसाद/तनाव नतीजे के बारे में अत्यधिक सोच के परिणाम हैं और ये स्वास्थ्य को नष्ट कर देते हैं। यदि परिस्थिति आपके नियंत्रण में नहीं है, तो इसे ठीक करने के लिए वक़्त को अपना काम करने दें अर्थात् आप सब वक़्त पर छोड़ दें।"

"Action and outcome are directly linked to each other. A wild action will bring a disastrous outcome and a well-planned action will bring desired outcome."

"कार्य और परिणाम एक-दूसरे से प्रत्यक्ष रूप से जुड़े हुए हैं। एक अविवेकी कार्य विनाशकारी परिणाम देगा और एक सुनियोजित कार्य वांछित परिणाम दिलाएगा।"

"Think like a scholar, behave like a gentleman, act like a leader and aim like a tiger."

"एक विद्वान के समान सोचें, एक सज्जन के समान व्यवहार करें, नायक के समान कार्य करें एवं बाघ के समान लक्ष्य निर्धारित करें।"

45

"It does not matter how high is your status in society. People will remember you on the basis of good deeds done by you."

"यह महत्त्वहीन है कि समाज में आपका स्तर कितना ऊँचा है। आपके द्वारा किए गए अच्छे कार्यों के आधार पर ही लोग आपको याद रखेंगे।"

"Till you have needs you can easily achieve it by your deeds, but when it becomes greed then it becomes a problem."

"जब तक आपकी जरूरतें हैं, तो आप उन्हें अपने कार्यों से आसानी से पूरा कर सकते हैं, परंतु जब जरूरतें एक लोभ का रूप धारण करती हैं, तो यह एक समस्या बन जाती है।"

47

"When things don't go as per your plan then no need to panic rather be calm, composed and wait for the right time with a positive frame of mind."

"यदि चीजें आपकी योजनाओं के अनुसार नहीं होतीं, तो घबराने के स्थान पर शांत, सुस्थिर रहें और मन की सकारात्मक सोच के साथ सही समय की प्रतीक्षा करें।"

If someone rejects you, then don't feel depressed, demoralised or disheartened. Rather feel sorry for the person because he/she does not have the calibre to evaluate your potential.

यदि कोई आपकी उपेक्षा करे तो आप उदास, हतोत्साहित या निराश महसूस न करें। इसके स्थान पर उस व्यक्ति के लिए खेद प्रकट करें, क्योंकि उसके पास आपकी सामर्थ्य का मूल्यांकन करने की योग्यता नहीं है।

49

"It does not matter for how long you were leading in the race. Only the person who will cross the finishing line first will be the winner and lift the trophy."

"इससे कोई फर्क नहीं पड़ता कि आप दौड़ में कितने समय से आगे चल रहे थे। जो भी समापन रेखा को पहले पार करेगा, वही विजेता होगा और ट्रॉफी प्राप्त करेगा।"

"Love, respect, affection and care are such investments which always come back with profit sometime in near future."

"प्रेम, सम्मान, स्नेह और देखभाल ऐसे निवेश हैं, जो भविष्य में हमेशा लाभ के साथ वापस आते हैं।"

51

"If you have the authority, then use the authority but never ever misuse the authority."

"यदि आपके पास अधिकार हैं, तो उनका उपयोग करें, पर कभी भी अधिकारों का दुरुपयोग न करें।"

"Since ages it's a proven fact that no lie can beat the truth and every truth has a bitter taste."

"युगों से यह प्रमाणित तथ्य है कि कोई भी झूठ सच को नहीं हरा सकता, और प्रत्येक सच का स्वाद कड़वा होता है।"

53

"The firm determination along with discipline, dedication, consistent effort, self confidence and trust in almighty are the ingredients to achieve your ambition in life."

"अनुशासन, समर्पण, निरंतर प्रयास, आत्मविश्वास व सर्वशक्तिमान पर विश्वास के साथ दृढ़ निश्चय जीवन में आपकी महत्त्वकांक्षा को प्राप्त करने के आवश्यक तत्त्व हैं।"

"If you delay in decision making, then you are definitely going to lose the opportunity that is knocking at the door. But at the same time, take decision with a cool mind."

"यदि आप निर्णय लेने में विलंब करते हैं, तो आप निश्चित ही दरवाजे पर दस्तक दे रहे अवसर को खो देंगे। पर निर्णय भी ठंडे दिमाग से लें"

"If you are assigned a task then make sure to take it to the logical conclusion and don't leave it midway even if the odds are against you and conditions are not favourable."

"यदि आपको कोई कार्य दिया जाता है, तो उसे तार्किक निष्कर्ष तक ले जाना सुनिश्चित करें और इसे बीच में न छोड़ें, भले ही हालात आपके खिलाफ हों और परिस्थितियाँ आपके अनुकूल न हों।"

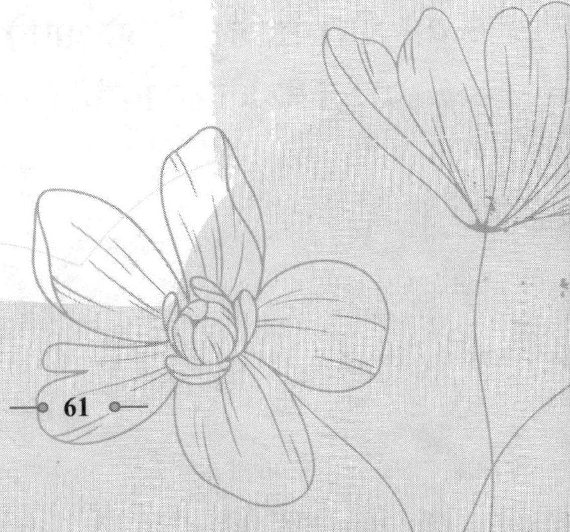

"If you reveal your idea publicly then anybody can copy that but neither can he/she copy your level of imagination nor think of sequence of steps that are in your execution plan of converting that idea into reality."

"यदि आप अपने विचार सार्वजनिक रूप से प्रकट करते हैं तो बेशक कोई उनकी नकल तो कर सकता है, पर कोई भी न तो आपके कल्पना के स्तर की नकल कर सकता है और न ही चरणों के उन क्रमों को सोच सकता है, जो आपके विचारों को परिपूर्ण करने के लिए आपकी कार्य योजना में हैं।"

57

"If you have committed a mistake, there is nothing wrong in owning it. Move on and make sure that you learn from it and never ever repeat the same in rest of your life."

"यदि आपसे कोई गलती हुई है, तो उसे स्वीकार करने में कोई हर्ज़ नहीं है। आगे बढ़ें और सुनिश्चित करें कि आपने इससे सीख ली है और उस गलती को आगे जीवन में कभी न दोहराएँ।"

"Customs/Culture/Ethics should be built in our kids from the four walls of our home only."

"रीति-रिवाज/संस्कृति/नैतिकता हमारे बच्चों में हमारे घर की चारदीवारी में ही विकसित होने चाहिए।"

59

"Wise people think many a times before taking a decision while foolish people take decision in a haste."

"बुद्धिमान व्यक्ति कोई भी निर्णय लेने से पूर्व बहुत बार सोचते हैं, जबकि मूर्ख व्यक्ति बिना सोचे-विचारे जल्दबाज़ी में निर्णय ले लेते हैं।"

60

"Aim for the victory only but if faced with defeat, then instead of being disheartened focus on what went wrong and improvise the same."

"केवल जीत का लक्ष्य रखें, परंतु यदि हार का सामना करना पड़े, तो निराश होने के स्थान पर जो गलत हुआ, उस पर ध्यान दें और उसमें सुधार करें।"

61

"When situation is critical then you need a wise approach to face it and when situation is in your favour then you need a cool approach to enjoy it."

"जब परिस्थिति संकटपूर्ण/गंभीर हो तो उसका सामना करने के लिए आपको एक विवेकी दृष्टिकोण की जरूरत होती है और जब परिस्थिति आपके पक्ष में होती है, तो इसका आनंद उठाने के लिए आपको एक संतोषपूर्ण/शांत दृष्टिकोण की जरूरत होती है।"

"Rumours in life spread like wildfire while truth walks at a snail's pace. But be it any era, at the end truth always prevails and lies are shown the exit."

"जीवन में अफवाहें जंगल में आग की तरह फैलती हैं, जबकि सत्य घोंघे की गति से चलता है। पर कोई भी युग हो, अंत में जीत सदैव सत्य की होती है और झूठ को बाहर का रास्ता दिखा दिया जाता है।"

63

"There is nothing in this world which can't be achieved, the only quality that you must have, is a strong willpower to go after it."

"संसार में ऐसा कुछ नहीं है, जो प्राप्त न किया जा सके। बस जो गुण आप में होना चाहिए, वह है – उसे प्राप्त करने की दृढ़ इच्छा शक्ति।"

It is all about the words and tone that you speak which will decide whether you will be appreciated or criticised. Think before you speak and be careful while speaking in public.

आपके द्वारा बोले गए शब्दों और लहजे पर निर्भर करता है कि आपको प्रशंसा मिलेगी या आलोचना। बोलने से पहले हमेशा सोचें और सार्वजनिक रूप से बोलते समय हमेशा सावधान रहें।

"Time and opportunity wait for none. If the time is with you and opportunity is knocking at your doorstep, then grasp it with both hands."

"समय और अवसर कभी किसी की प्रतीक्षा नहीं करते। यदि समय आपके साथ है और अवसर आपके दरवाजे पर दस्तक दे रहा है, तो उसे अपने दोनों हाथों में कसकर पकड़ लें।"

"Repeated lies can hide the truth for a short span of time but truth has the habit to surface up gradually over a period of time. Narratives can be many but truth is one and unique."

"बार-बार झूठ बोलना कुछ समय के लिए तो सच को छुपा सकता है, परंतु सच की आदत है, समय के साथ धीरे-धीरे जाहिर हो जाने की। कथाएँ/वक्तव्य बहुत हो सकते हैं, पर सच सदा एक व अद्वितीय होता है।"

"Heated arguments will take you to nowhere and healthy discussion will lead you to come to an agreement and conclusion. Avoid arguments and encourage mutual discussion."

"आवेगपूर्ण बहस आपको कहीं नहीं ले जाएगी, परंतु स्वस्थ परिचर्चा आपको समझौते और निष्कर्ष तक जरूर ले जाएगी। अतः बहस करने से बचें और आपसी विमर्श को प्रोत्साहित करें।"

A calculated approach may not give you the desired result, but it will definitely minimize risk factor while an impulsive approach will land you in a trouble zone.

एक सूझ-बूझ भरा दृष्टिकोण आपको वांछित परिणाम चाहे न भी दे, परंतु यह निश्चित ही जोखिम को कम कर देगा, जबकि एक आवेगशील दृष्टिकोण आपको परेशानी/जोखिम भरी स्थिति में डाल देगा।

“There is no question which does not have an answer and there is no problem which does not have a solution.”

“ऐसा कोई प्रश्न नहीं है, जिसका उत्तर न हो और ऐसी कोई समस्या नहीं है, जिसका हल न हो।”

"You cannot impress everyone with money, and you cannot buy everything with money, so always respect those who are honest/loyal/ ethical and have moral values."

"आप पैसे से हर किसी को न तो प्रभावित कर सकते हैं और न ही सबकुछ खरीद सकते हैं। इसलिए हमेशा उनका आदर करें, जो ईमानदार/ वफादार/नीतिपरक हैं और नैतिक मूल्य रखते हैं।"

71

"Those who are straight and upfront to say the truth on face, also have the habit of not tolerating any nonsense from anyone."

"मुँह पर सत्य बोलने वाले स्पष्ट और निष्कपट व्यक्ति में किसी की कोई भी मूर्खता को सहन कर पाने की आदत भी नहीं होती।"

There is nothing wrong if you do not like an individual, but it is absolutely wrong if you pretend to like an individual.

अगर आप किसी को नापसंद करते हैं, तो इसमें कुछ भी गलत नहीं है, पर यदि उसे पसंद करने का मात्र दिखावा करते हैं तो यह पूर्णतया गलत है।

73

"Every success comes after a lot of struggles and hardships. And those who leave struggle in between can never taste success."

"हर सफलता बहुत सारे संघर्षों और कठिनाइयों का परिणाम होती है। जो बीच में ही संघर्ष करना छोड़ देते हैं, वे कभी सफलता का स्वाद नहीं चख सकते।"

"Pen and sword both are equally mighty. Only the person carrying them should know which one to use in which situation."

"कलम और तलवार दोनों समान रूप से बलशाली होती हैं। इन्हें धारण करने वाले को ज्ञात होना चाहिए कि किस परिस्थिति में किसका प्रयोग करना है।"

75

"History has repeatedly taught us that after the conflict/difference of opinion, the only way to resolve it is by way of sitting across the table and finding a solution through dialogue only."

"इतिहास हमें लगातार सिखाता रहता है कि टकराव/मतभेद की स्थिति में आमने-सामने बैठकर बातचीत के द्वारा हल निकालना ही एकमात्र रास्ता होता है।"

"Don't let your inner peace to be destroyed by those who do not like/support or cooperate with you. Rather ignore them with a smile."

"अपनी आंतरिक शांति को उनके द्वारा नष्ट न होने दें, जो आपको पसंद नहीं करते, समर्थन या सहयोग नहीं करते। इसके बजाय एक मुस्कान के साथ उन्हें नज़रअंदाज़ कर दें।"

"Tension/anxiety/depression are daughters of one Mother called Phobophobia. If you come out of this then you will have a cheerful life."

"तनाव, चिंता, अवसाद एक ही माता की पुत्रियाँ हैं, जिन्हें फोबोफोबिया कहा जाता है। यदि आप इनसे बाहर आते हैं, तो आपका जीवन आनंदमय हो जाएगा।"

"The clock keeps ticking, the wind keeps blowing and the weather keeps changing. Change is a universal truth so accept it in life happily."

"घड़ी की सुइयाँ चलती रहती हैं, हवा बहती रहती है और मौसम बदलता रहता है। परिवर्तन एक सार्वभौमिक सत्य है, इसीलिए इसे जीवन में प्रसन्नतापूर्वक स्वीकार करें।"

"If you want to formulate success, then must have following composition-

Hard work
Discipline
Focus
Consistency
Knowledge
Wisdom
Punctuality
Ethics
Self-Belief
Trust in Almighty

Keeping morale high in any situation/ circumstances."

"यदि आपको सफलता का सूत्र बनाना है तो इसकी संरचना में निम्नलिखित तत्त्व अवश्य होने चाहिए-

परिश्रम
अनुशासन
फोकस
अडिगता
ज्ञान
बुद्धिमत्ता
समय की पाबंदी
आचारनीति
आत्मविश्वास
सर्वशक्तिमान पर विश्वास

किसी भी स्थिति, परिस्थिति में हौसला बनाए रखना।"

"Valour (in war) does not belong to one side, it's on both sides. But those who become victorious they are mentioned in History."

"वीरता (युद्ध में) इकतरफा नहीं होती, यह दोनों ओर से होती है। लेकिन जो जीत जाते हैं, उनका उल्लेख इतिहास में होता है।"

81

"Competent, capable and brave people can't tolerate insults. They take no nonsense and can't keep quiet if challenged."

"सक्षम, समर्थ और साहसी व्यक्ति अपमान सहन नहीं कर सकते। वे कुछ भी मूर्खतापूर्ण नहीं करते और जब उन्हें चुनौती दी जाए तो वे शांत नहीं रह सकते।"

82

"Don't let anger, self-praise and proud enter your personality. These will lead to your downfall, so keep them away."

"क्रोध, आत्मप्रशंसा और अहंकार को अपने व्यक्तित्व में प्रवेश न करने दें। ये आपके पतन का कारण बनेंगे, अतः इन्हें दूर ही रखें।"

83

"When the circumstances are not in your control then it's better to keep quiet and wait for the right time."

"जब परिस्थितियाँ आपके नियंत्रण में न हों तो शांत रहना और सही वक्त की प्रतीक्षा करना बेहतर होता है।"

"Don't delay in doing goodness, do it with immediate effect and always try to avoid badness as much as you can."

"परोपकार, अच्छाई करने में विलंब न करें, इसे तुरंत प्रभाव से कर डालें, परंतु हमेशा बुराई से जितना संभव हो सके, बचें।"

Egoism and overconfidence are two factors which will bring your downfall and humbleness and kindness are two factors which will take you to new heights.

अहंभाव व अति आत्मविश्वास ऐसे दो कारक हैं, जो आपका पतन करेंगे और विनम्रता व दयालुता ऐसे दो कारक हैं, जो आपको नई ऊँचाइयों तक ले जाएँगे।

"You must stay away from being greedy, being addicted, being proudy, being hyper and being over-reactive. If you do this then you can have a joyful life."

"आप लालची, दुर्व्यसनी, घमंडी, अतिसक्रिय और अति-प्रतिक्रियाशील होने से हमेशा दूर रहें या बचें। यदि आप ऐसा करते हैं, तो आप एक खुशहाल जीवन व्यतीत कर सकते हैं।"

87

"When you have a big goal in life then hard work is not an option, it is a necessity."

"यदि जीवन में आपका लक्ष्य बड़ा है, तो कठोर परिश्रम करना विकल्प नहीं, अनिवार्य है।"

"The Aim should be to achieve the Highest Position and work for the same. Once you gain the same then you must serve for the betterment of Humanity."

"लक्ष्य तो सर्वोच्च पद प्राप्त करना और उसकी प्राप्ति के लिए कार्य करना होना चाहिए। एक बार जब आप इसे प्राप्त कर लें, तब अवश्य ही मानवता की भलाई के लिए कार्य करें।"

"Sincerity with clarity is route towards a vision along with a mission in today's virtual world."

"आज के आभासी जगत् में, विज़न के साथ मिशन की ओर ले जाने वाला मार्ग है – स्पष्टता के साथ ईमानदारी से किया गय प्रयास।"

"If you want to lead from the front, then you need to develop the skill of influencing, steadying, complying, and keeping good people in team."

"यदि आप सामने से नेतृत्व करना चाहते हैं तो आपको प्रेरित करने, स्थिर रहने, अनुपालन करने और टीम में अच्छे व्यक्तियों रखने का कौशल विकसित करने की आवश्यकता है।"

91

"Listen with patience without interrupting the speaker and accept criticism gracefully to improve your personality."

"वक्ता को बिना टोके, धैर्यपूर्वक उसे सुनें और अपने व्यक्तित्व को बेहतर बनाने के लिए आलोचना को शालीनतापूर्वक स्वीकार करें।"

"Courageous/braves do not waste time in thinking too much. They do whatever they feel right at that moment."

"साहसी/बहादुर ज्यादा सोचने में समय बरबाद नहीं करते। उस क्षण उन्हें जो उचित लगता है, वे वही करते हैं।"

"World is a stage where People come and go. But those who do good deeds here are remembered for ages."

"संसार एक ऐसा रंगमंच है, जहाँ लोग आते हैं और जाते हैं, परंतु जो यहाँ अच्छे कर्म करते हैं, युगों तक याद किए जाते हैं।"

"One who is humble and soft is most powerful as the tree that is laddened with fruits is bended one."

"जो विनम्र और सौम्य हैं, वह सबसे अधिक शक्तिशाली है, जैसे कि फलों से लदा हुआ वृक्ष झुका हुआ होता है।"

95

"The best recognition and appreciation is when it comes from your rival/opponent even if you lose the competition or battle."

"सबसे अच्छी पहचान व प्रशंसा वह है, जो प्रतियोगिता या लड़ाई में हारने के बावजूद आपके प्रतिद्वी/विरोधी से मिलती है। (अर्थात् आपके हारने के बावजूद यदि आपका प्रतिद्वंद्वी आपकी सराहना करता है, तो यह जीत से भी बड़ी बात है।)"

"Avoid to take anything that disturbs your peace of mind and remove people from life who are double faced."

"ऐसा कुछ भी ग्रहण न करें, जो आपकी मानसिक शांति को भंग करे और दो चेहरों वाले यानी मुखौटा लगाए व्यक्तियों को अपने जीवन से बाहर कर दें।"

"No one reached the top without struggle and hard work. Everyone starts one's journey from scratch. Today's leader was once an activist only."

"कोई भी बिना संघर्ष और कठोर परिश्रम के शिखर तक नहीं पहुँचा। हर कोई अपनी यात्रा छोटे प्रयासों के द्वारा शुरू करता है। आज का नायक कभी महज एक कार्यकर्ता ही था।"

"Bitter words may pinch you for a while but if they are true then you must take it positively as they will be of great help in future."

"तीखे शब्द आपको कुछ समय के लिए चुभ सकते हैं, परंतु यदि वे सच्चे हैं तो आप उन्हें सकारात्मक रूप में लें, क्योंकि वे भविष्य में बहुत मददगार साबित होंगे।"

"Not every handshake is friendly. Similarly not every critic is your enemy."

"जिस प्रकार हाथ मिलाने का प्रत्येक क्रम मैत्रीपूर्ण नहीं होता, उसी प्रकार हर आलोचक आपका शत्रु नहीं होता।"

"Whatever happens (good or bad) with us, it happens for a reason only. So don't stay in the past and keep moving in life with right attitude for a prosperous future."

"हमारे साथ जो कुछ भी होता है (अच्छा या बुरा), यह किसी कारण से ही होता है। इसीलिए अतीत में न रहें और समृद्ध भविष्य के लिए, सही नज़रिए के साथ जीवन में लगातार आगे बढ़ते रहें।"

"If you are a King, then behave like the king and treat everyone on the same scale without favoritism."

"यदि आप एक राजा हैं, तो राजा की तरह व्यवहार भी करें और बिना किसी पक्षपात के प्रत्येक को एक समान समझें।"

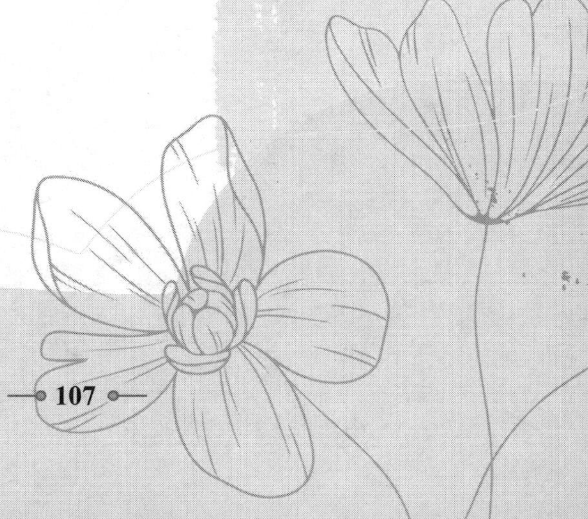

"Failures/hinderances/disappointments will come in your way, rather than avoiding them, face them with courage and self-belief."

"असफलता/बाधाएँ/निराशाएँ हमेशा आपके मार्ग में आएँगी। उनसे बचने के स्थान पर साहस व आत्मविश्वास से उनका सामना करें।"

"Sometimes it's very necessary to take difficult decisions in life so that we can move forward and find happiness."

"कभी-कभी जीवन में कठिन निर्णय लेना आवश्यक हो जाता है, जिससे हम आगे बढ़ सकें और खुशियाँ प्राप्त कर सकें।"

If you have resources, then you have many options and if you don't have resources then you have limited choices.

यदि आपके पास संसाधन हैं, तो आपके पास बहुत विकल्प हैं और यदि आपके पास संसाधन नहीं हैं तो आपके पास सीमित विकल्प ही होते हैं।

"As hormone balancing is important for good health, similarly gender equality is important for social balancing in society."

"जैसे अच्छे स्वास्थ्य के लिए हार्मोन संतुलन महत्त्वपूर्ण होता है, उसी प्रकार समाज में सामाजिक संतुलन के लिए लिंग समानता महत्त्वपूर्ण है।"

"Leadership is to own the failure and give credit of success to the Team."

"विफलता का दायित्व स्वयं लेना और सफलता का श्रेय अपनी टीम को देना ही सच्चा नेतृत्व है।"

"If you are not honest, transparent, good communicator and decision maker then you cannot lead the people."

"यदि आप ईमानदार, पारदर्शी, वाक्पटु और निर्णयकर्ता नहीं हैं तो आप लोगों का नेतृत्व नहीं कर सकते।"

“Those who are diligent, they never complain of less resources as excuse.”

“जो मेहनती/कर्मठ होते हैं, वे कभी भी कम संसाधनों की शिकायत एक बहाने के तौर पर नहीं करते।”

109

"If you follow the path of truth, justice and dharma, then the whole universe is there to help you in any situation."

"यदि आप सत्य, न्याय और धर्म का मार्ग अपनाते हैं, तो संपूर्ण ब्रह्मांड आपकी किसी भी परिस्थिति में मदद करने के लिए उपस्थित रहता है।"

"Education/skills are long term investments which give returns in future and are lifetime assets."

"शिक्षा/कौशल दीर्घकालिक निवेश हैं, जो भविष्य में प्रतिफल देते हैं और जीवन भर की संपत्ति होते हैं।"

"Be proud of your history because that is real identity of your origin. Be proud of your nationality, that is your identity once you enter international boundaries."

"अपने इतिहास पर गर्व करें, क्योंकि वही आपकी उत्पत्ति की वास्तविक पहचान है। अपनी राष्ट्रीयता पर गर्व करें, अंतरराष्ट्रीय सीमाओं में प्रवेश करने पर यही आपकी पहचान है।"

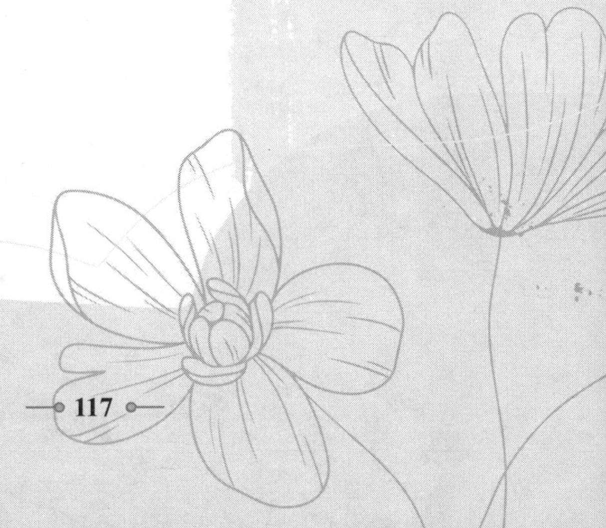

"Respect all those whether opponents or critics who point out your mistakes and beware of those who support you even if you are wrong."

"जो आपकी गलतियों को इंगित करते हैं, उन सभी का सम्मान करें, चाहे वे आपके विरोधी हों या आलोचक, उनसे सावधान रहें, जो आपके गलत होने पर भी आपका समर्थन करते हैं।"

"Follow the footprints of great people and avoid to stay in the company of lazy and negative people."

"श्रेष्ठ व्यक्तियों के पदचिह्नों पर चलें और आलसी व नकारात्मक व्यक्तियों की संगति से दूर रहें।"

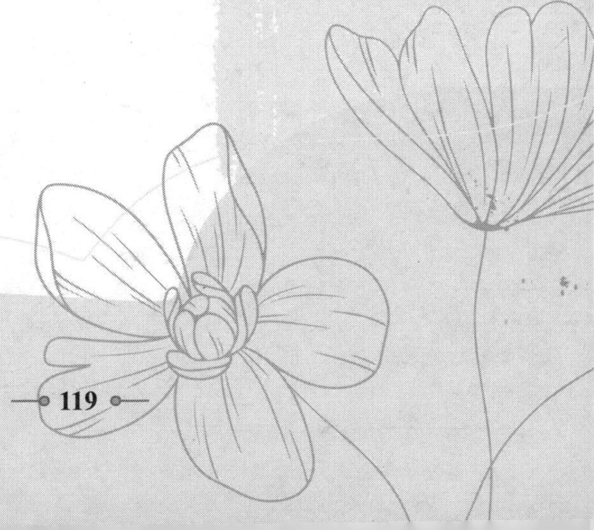

"If you don't refine the crude oil, then you can't convert it to edible oil. Similarly, if you don't own your failures you can't convert them into success."

"यदि आप कच्चे तेल को परिष्कृत नहीं करते हैं, तो आप इसे खाद्य तेल में नहीं बदल सकते। उसी प्रकार, यदि आप विफलताओं को स्वीकार नहीं करते हैं, तो आप उन्हें सफलता में नहीं बदल सकते।"

115

"There are two types of world nowadays... the virtual world...which has nothing to do with reality and the real world ...where there is no scope of narratives and dramas but only truth. Be real, be yourself only."

"आजकल दो तरह की दुनिया है, आभासी दुनिया, जिसका वास्तविकता से कोई लेना-देना नहीं होता, और वास्तविक दुनिया, जहाँ आधारहीन वक्तव्यों/कथाओं व नाटकबाजी का कोई स्थान नहीं है, जहाँ केवल सच्चाई है। वास्तविक बनें, स्वयंभू बनें।"

An article/object or thing will have its right value when it is placed at right place and evaluated by the expert of the same domain.

किसी भी सामान/वस्तु या चीज की सही कीमत तभी लगती है, जब वह सही स्थान पर रखी जाए और उसका उसी कार्यक्षेत्र के विशेषज्ञ द्वारा मूल्यांकन किया जाए।

"Participation is very important, if you are interested to give to the society whatever you have earned, be it knowledge or charity."

"जो आपने अर्जित किया है, चाहे वह ज्ञान है या दान, यदि आप समाज को देने में रुचि रखते हैं तो सामाजिक कार्यों में भागीदारी बहुत महत्त्वपूर्ण है।"

118

"Our self-earned money belongs to us only, but the resources belong to the society. Make sure not to waste either of them."

"हमारा स्वयं का कमाया हुआ धन केवल हमारा होता है, परंतु संसाधन समाज के होते हैं। सुनिश्चित करें कि दोनों में से कोई भी बरबाद न हो।"

119

"The biggest assets are your family and friends and the biggest liabilities are those who pretend to be your well-wishers."

"सबसे बड़ी परिसंपत्तियाँ आपका परिवार और मित्रगण हैं और जो आपके शुभचिंतक होने का दिखावा करते हैं, वे आपके सबसे बड़े ऋण हैं।"

To be financially secure, you must earn well and save the same for any eventuality. To be mentally secure you must have a stress-free life by overcoming your emotions.

आर्थिक रूप से सुरक्षित बनने के लिए आपको अच्छी कमाई करनी चाहिए और किसी भी संभावित स्थिति के लिए उसे बचाकर रखना चाहिए। मानसिक रूप से सुरक्षित रहने के लिए आपको अपनी भावनाओं पर नियंत्रण करके तनाव-मुक्त जीवन जीना चाहिए।

121

"Never take a vow when you are in emotions and never bow down when you are subjected to injustice."

"जब आप भावनाओं में हों, तो कभी प्रण/वादा न करें और जब आप अन्याय के शिकार हों, तो कभी झुकें नहीं।"

Bring up your children not by providing them with luxurious things, instead feed them with morals/ethics and patriotism.

अपने बच्चों का पालन-पोषण उन्हें शानोशौकत की चीजें देकर नहीं करें, अपितु उनके अंदर सदाचरण/नैतिकता और राष्ट्रभक्ति को आत्मसात् करें।

"One needs to develop ability within so that there is no need to approach anyone for recommendations for self."

"व्यक्ति को अपने अंदर इतनी क्षमता विकसित करने की जरूरत है, जिससे कि स्वयं की सिफ़ारिश करवाने के लिए किसी अन्य के पास जाने की जरूरत ही न पड़े।"

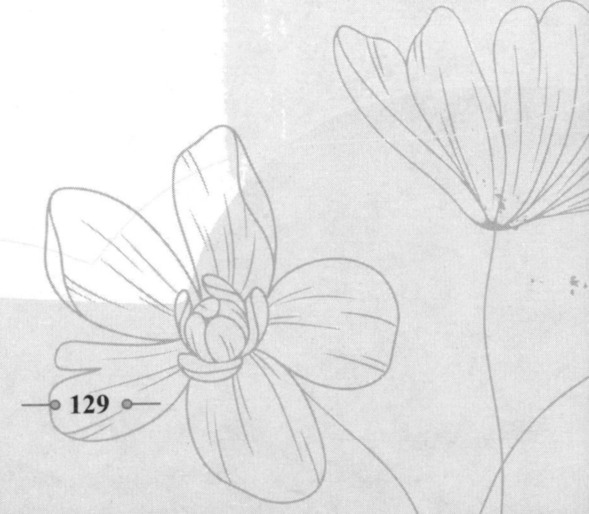

"Love among family members, peace in society, harmony and unity among citizens is the true happiness index of a nation."

"एक राष्ट्र का वास्तविक खुशी सूचकांक (हैपीनेस इंडेक्स) है—परिवार में प्रेम, समाज में शांति, नागरिकों में सद्भाव एवं एकता।"

125

"Failures can never overtake you if your determination is strong enough for success."

"यदि सफलता के लिए आपका संकल्प अटल है, तो असफलताएँ कभी भी आपको हरा नहीं सकतीं।"

"Be quick to appreciate. Be slow to criticise. Be cool to respond to the challenge. Be kind to speak and be firm to your decision."

"प्रशंसा अविलंब करें। आलोचना करने के लिए समय लें। चुनौती का जवाब देते समय शांत रहें। बोलते समय विनम्र रहें और अपने निर्णय पर अटल रहें।"

"It does not matter how and when all of a sudden the conditions became unfavourable. What matters the most is how you manage and react when odds have turned against you."

"यह महत्त्वहीन है कि कैसे और कब अचानक से परिस्थितियाँ प्रतिकूल हो गईं। जो सबसे अधिक महत्त्व रखता है, वह यह है कि जब परिस्थितियाँ आपके खिलाफ हो जाएँ तो आप कैसे उन्हें सँभालते और उनपर प्रतिक्रिया देते हैं।"

"If you do any act of good deeds, then keep it to yourself only. Do not advertise it on social media. Always remember that you, the receiver and the almighty know about it and that's enough."

"यदि आप अच्छे कार्य करते हैं, तो इन्हें अपने तक ही सीमित रखें। इनका सोशल मीडिया पर प्रचार न करें। हमेशा याद रखें कि आप स्वयं, प्राप्तकर्ता और सर्वशक्तिमान इसके विषय में जानते हैं और यही काफी है।"

"It does not matter what the people speak behind your back. What matters the most is that same people cannot open their mouth in front of you. It also means that you are at command, and they are jealous of you."

"यह महत्त्वहीन है कि लोग पीठ पीछे आपके बारे में क्या बोलते हैं। जो सबसे अधिक महत्त्व रखता है, वह यह है कि ये वही लोग हैं, जो आपके सामने अपना मुँह भी नहीं खोल पाते। इसका अर्थ यह भी है कि आप प्रभुत्व में हैं और वे सभी आपसे द्वेष करते हैं।"

"Life is a journey. make it memorable by your deeds."

"जीवन एक यात्रा है। इसे अपने कर्मों के द्वारा यादगार बनाएँ।"

"It does not matter how much % of marks you received in board or university exams rather what matters the most is that at what level you are today. Forget the past, work hard in the present and look forward for a great future ahead. You will be recognised by your achievements in life."

"यह महत्त्वहीन है कि आपने बोर्ड या विश्वविद्यालय की परीक्षा में कितने प्रतिशत अंक प्राप्त किए हैं। इसके बजाय जो सबसे अधिक महत्त्व रखता है, वह यह है कि आज आप किस स्तर पर हैं। अतीत को भूल जाएँ, वर्तमान में कठोर परिश्रम करें और एक उज्ज्वल भविष्य के लिए आगे बढ़ें। आपको जीवन में अपनी उपलब्धियों द्वारा पहचान मिलेगी।"

"It does not matter how much foggy, hazy and opaque weather is outside, rather what matters the most is how much clarity and transparency is inside our heart. Be confident and hopeful of yourself."

"यह महत्त्वहीन है कि बाहर कितने कोहरे वाला, धुँधला, अस्पष्ट मौसम है। इसकी बजाय जो सबसे अधिक महत्त्व रखता है, वह है आपके हृदय के अंदर की स्पष्टता और पारदर्शिता। अपने प्रति आत्मविश्वासी और आशावान रहें।"

"It does not matter how much you earn and what designation you carry with your name, what matters the most is how you are welcomed and addressed by your followers and critics behind your back. That is truly of you."

"यह महत्त्वहीन है कि आप कितना कमाते हैं और आपके नाम से जुड़ा आपका पदनाम क्या है। जो सबसे अधिक महत्त्व रखता है, वह है आपके अनुचरों और आलोचकों द्वारा आपकी पीठ के पीछे आपको कितने स्वागत-सम्मान से बुलाया जाता है। यही वह पहचान है, जो वास्तव में आपकी अपनी है।"

"It does not matter how fast and in which direction the wind blows. What matters the most is the skill of the sailor to take his boat to the shore."

"यह महत्त्वहीन है कि हवा कितनी तेज है और किस दिशा में चलती है। जो सबसे अधिक महत्त्व रखता है, वह है नाविक में अपनी नाव को किनारे तक ले जाने की कुशलता।"

"Suspicion about your own dream means foundation of your failure."

"अपने ही सपने के विषय में संदेह करना अपनी असफलता की नींव रखना है।"

"There are no buttons to change your past as it is a history now. But there are number of control buttons with you currently that you can press to create your future history."

"आपके अतीत को परिवर्तित करने के लिए कोई बटन नहीं है, क्योंकि वह अब इतिहास बन चुका है। परंतु वर्तमान में आपके पास कई कंट्रोल बटन हैं, जिन्हें दबाने से आप भविष्य में इतिहास बना सकते हैं।"

137

"If you are riding on the horse named patience in life, then it will never let you fall. Keep riding on and on and it will for sure take you to your desired destination."

"यदि जीवन में आप धैर्य नामक घोड़े की सवारी करते हैं (अर्थात् धैर्य धारण करते हैं) तो यह आपको कभी नीचे गिरने नहीं देगा। लगातार धैर्य धारण करें और निश्चित रूप से यह आपको वांछित मंज़िल तक ले जाएगा।"

"Success requires no explanations and failure permits no alibis."

"सफलता को किसी स्पष्टीकरण की आवश्यकता नहीं होती और विफलता किसी बहाने की अनुमति नहीं देती।"

"It does not matter how the time currently is in your life whether good days or struggling days, rather what matters the most is how you are handling it. The best way is to remain calm and composed in both conditions because they are not permanent."

"यह महत्त्वहीन है कि वर्तमान में आपके जीवन में कैसा समय चल रहा है – अच्छे दिन हैं या संघर्षपूर्ण। इसके स्थान पर, जो सबसे अधिक महत्त्व रखता है, वह है कि आप उस समय को किस प्रकार सँभाल रहे हैं। सबसे अच्छा तरीका है कि दोनों ही परिस्थितियों में शांत और सुस्थिर रहें, क्योंकि ये दोनों ही स्थायी नहीं हैं।"

It does not matter how much darkness is there. What matters the most is that if you can figure out a ray of hope then beyond the dark there will always be a light. Don't loose hope and be focused on your goal.

यह महत्त्वहीन है कि अँधेरा कितना है। जो सबसे अधिक महत्त्व रखता है, वह यह है कि यदि आप आशा की एक किरण को खोज सकते हैं, तो अँधेरे के परे हमेशा एक रोशनी दिखाई पड़ेगी। उम्मीद न छोड़ें और अपने लक्ष्य की प्राप्ति पर ध्यान लगाएँ।

"Equality/Empowerment to women is the need of the hour as they represent half the population of the globe."

"महिलाओं के लिए समानता/सशक्तिकरण समय की माँग है, क्योंकि महिलाएँ दुनिया की आधी आबादी का प्रतिनिधित्व करती हैं।"

142

"Doubt is our biggest enemy. If it enters our mind then even if truth is being served, we won't believe it."

"संदेह हमारा सबसे बड़ा शत्रु है। यदि यह हमारे मन में प्रवेश कर जाए तो सत्य को सामने देखकर भी हम उस पर विश्वास नहीं करेंगे।"

143

"God decides who will be our siblings and we decide who will be our friends but loyalty will decide who remain in our life journey."

"ईश्वर तय करते हैं कि हमारे भाई-बहन कौन होंगे और हम तय करते हैं कि हमारे दोस्त कौन होंगे, लेकिन वफादारी तय करेगी कि हमारी जीवन-यात्रा में कौन हमारे साथ रहेगा।"

"As peaks and valleys are seen in mountains, so are rise and fall in life hence continue the journey in both."

"जिस प्रकार पहाड़ों में चोटियाँ और घाटियाँ दिखाई देती हैं, उसी प्रकार जीवन में उतार-चढ़ाव होते हैं अतः दोनों अवस्थाओं में यात्रा जारी रखें।"

145

People attitude changes according to your position but those who really care for you, will remain the same in any position.

आपकी स्थिति के अनुसार लोगों का व्यवहार बदल जाता है, लेकिन जो वास्तव में आपकी परवाह करते हैं, वे किसी भी स्थिति में एक समान रहते हैं।

Faith is one tool which can move mountains and trust, if lost, then never can be rebuilt.

विश्वास एक ऐसा साधन है, जो पहाड़ों को हिला सकता है और भरोसा, यदि खो जाए तो फिर से कभी नहीं बनाया जा सकता है।

147

Rules are made to be strictly followed whether it's an argument or war. Punching below the belt only shows one's weakness.

नियम सख्ती से पालन करने के लिए बनाए जाते हैं, चाहे वह तर्क-वितर्क हो या युद्ध। कुछ भी असंगत और अनुचित/नियमविरुद्ध व्यवहार केवल व्यक्ति की कमजोरी दिखाता है।

"A peaceful and healthy life is far better than a stressful life with lots of luxuries."

"बहुत सारे सुख-साधनों से संपन्न तनावपूर्ण जीवन से कहीं अधिक बेहतर है: एक शांतिपूर्ण और स्वस्थ जीवन।"

"Empowering those who are weak whether economically or socially is the best service to mankind."

"आर्थिक या सामाजिक रूप से कमजोर लोगों को सशक्त बनाना मानव जाति की सर्वोत्तम सेवा है।"

As two persons cannot have identical finger prints, similarly two persons cannot have same kind of luck. So be happy with whatever life has given to you

जिस प्रकार दो व्यक्तियों के अंगुलियों के निशान एक समान नहीं हो सकते, उसकी प्रकार दो व्यक्तियों की किस्मत भी एक जैसी नहीं हो सकी इसीलिए जिंदगी ने जो कुछ भी आपको प्रदान किया है, उसी में खुश रहें।